KB193533

수덕에 들다

수덕에 들다

문힘시선 033

수덕에 들다

최충식 시집

도서출판 **문화의힘**

참 면목 없는 일이다.

지난해에 오래도록 뭉쳐둔 시편을 추려 책을 낸 뒤로 남은 허접한 작품을 모아 또 한 권의 시집을 엮는다. 오로지 본인의 의지보다는 오랜 친구 〈문화의힘〉 출판사 이순 시인의 주선으로 다시 책을 내게 된 것이다. 더구나 충남문화재단의 지원까지 받게 되었으니 더 나은 분이 받아야 했을 은전이 아닌가 부담스럽다.

아무튼 시력詩歷 36년의 장구한 세월을 압축한 일이기에 감회가 새롭다. 첨예한 감각으로 사상事象을 드러내는 현대시의 관점에서 보면 여기 실린 작품들은 서정이나 읊조리는 구시대의 산물이 아닌가 싶다. 하지만, 지난날을 소환하여 사랑과 이별, 삶과 죽음, 생성과 소멸에 이르는 불변의 진리 속으로 보잘것없는 기억을 조영하여 승화하는 정신세계를 희구하고자 함이다.

전근대적으로 몇 대째 눌러사는 양철지붕 목조주택에서 자그마한 터전에 작물을 가꾸는 일상이 일련의 바탕이 되고 있음을 소개한다.

썩 내키지 않지만 나름대로 부드러운 언어로 조심스럽게 독자들 정서의 창을 기웃거려 본다.

이제 이 책으로 그동안의 객기 같은 시업詩業을 정리하고 새로운 모습을 보이기 위해 깊은 고민을 해보겠다.

독자 제현의 아낌없는 편달을 바란다.

2024년 盛夏
누거陋居 〈銀河의 뜰〉에서

제1부 입동 즈음

제2부 깊고 푸른 꿈

제3부 버드나무 벤치

제4부 수덕에 들다

제5부 아내는 단풍 구경 가고

제1부

입동 즈음

길

길은 작은 길을 이끌며
가물가물 지평으로 사라진다
쑥대 마른 푸섶에 주저앉아
무거운 신발 끈을 조이며
쉬지 말아야지
어디만큼 떠오르는 철새 몇 마리
저것들은 모두가 길이라서 아득한 곳에 다다를 것을
막막하여 허기지고
쉽게 기우는 해도 얼굴을 붉힌다
벌써 어둠이 내리려니
분별없는 짐승의 길이 좋을까 보다
헤매고 울부짖어도
제 몫의 터전에서 눕고 일어나는 본래의 모습 말이다
어디까지인지
끝을 모르게 방향을 잃고
어지럼증 짙은 장막이 내리는가 보다

입춘

햇빛이 까슬한 날
잎이 피기 전이지만
무슨 일인가 일어날 듯
늙는 세월 중에 좋을 때라고 합니다
널어놓은 천도 바스락 소리에
처음과 끝을 접어 봅니다
마른버짐 꺼칠한 소년은
졸졸 흐르는 냇물을 따라갔지만
어디쯤 이르렀을까요
엄청나게 떨던 문풍지도 조용해지고
문을 활짝 열어도 되겠어요
더러는 흠집이 난 곳이라도
덧붙이고 다림질하면
부끄럼이 덜할까 합니다
건너에서는 나들이 준비를 하지만
빙그르르 한 편의 필름을 돌리겠어요
무슨 사연을 비출 수 있는지
저기 밀려오는 남풍이 영사막이 되는 것이겠지요

회복

옴츠렸던 허리를 펴니
코앞에 성큼 봄인가 봐요
언뜻 지나는 바람인지
한길 둑 밑으로 천천히 내려앉습니다
겨우내 조이던 뼈마디가 우두둑 호젓한 봄볕이
나만의 일 같습니다만
쪼끄만 풀꽃 먼저
손바닥만 한 나라를 펼치고 있네요
저것들이 어떻게 사람을 제치고
첫머리를 차지하다니요
바짝 들여다봐 있을 건 다 있고
할 일 다 하는데
점점 크게 번져 눈에 가득하네요
지난해 푸석한 지푸라기들이 널브러진 위에서
앙증맞은 게
무슨 악곡 한 소절 갈아 끼우는 것과는 다르지요
힘들고 지친 시간을 잇는 끝 모를 윤회 같은 거를요
문 앞까지 아지랑이가 드리우고
숨어서 무슨 일인가 저지를 듯 가슴이 두근거리네요

가물가물한 길로 무작정 뛰어가도

하나의 밀알로 받아들여질 것을 꼭 믿고 있으니까요

저물녘

사람의 일이라고 다를 리 있나요
한사코 울어대는 쓰르라미도
부족한 기색이지요
빈손에 쥐어지는 황혼이 주르르 땀을 내고
닿을 듯 이르지 못하는 허기였어요
돌아가라는 명령같이
자기 산 넘어오는 어둠이
낮은 곳부터 내리지만
꼭대기라고 어쩌지 못하는 것이지요
영영 잊고 싶었던 일을
많은 사람 앞에서 열어 보이는 게 정의라고
잠깐 얼굴을 비치는 햇살이
다시 돌아오지 못한다는 암시처럼 내리지요
점점 체온이 식어가더라도
무딘 밤길 다 보일 것 같아요
우두커니 섰던 일이 꿈만 같기도 하고
다시는 맺지 말자는 인연을 뛰어넘듯
끝없는 세월을 짚어보는 것이지요

산책

가을엔
바람맞으러 가자
늦 향기 사분대는 들길로
누가 달려오는 것 같아
애증에 지친
풀벌레 소리도 급하게 음조를 올리고
날아오르는 새들도
어깨에 힘을 더한다
약속도 없었지만 기대도 놓지 않았던 것
머리털 허연 억새밭이면 좋겠지
가슴을 활짝 펴고
드러누우면 파란 하늘이 가득하겠지
머리는 차갑고 꿈은 멀리 있어
한 계절을 넘겨 차지하는 게 무엇일까
다시 돌아서지만
털어낸 뒤
으스스 뒤를 미는 바람이라도
어디선가 묻어오는 소식처럼 들뜨기 마련이다

가을빛 속으로

흥건한 여름이
빠져나가고
이삭들은 고개를 숙인다
채우고도 빈 것처럼 가을이 온다
양식이란
노동에 비례하는 것이 아니라
하늘의 뜻이어서
내어줄 때 더 값이 있다
땡볕에 바랜 얼굴이라도 누구를 그리워하고
기도할 때
가을도 깊어지리라
한 땀 한 땀 수놓듯
기다림에 무슨 미련이 있을까
말간 정신 하나 저 푸른 하늘이 근원이라면
쓸쓸한 자리는
얼마큼 시간을 채우는 것일까
가벼운 날개 하나만으로도 족한
떨림으로
여태껏 찾지 못하던 순간도 거기에 있을 것만 같다

인과因果

바람이
대나무 차지다
나올 때부터 빈 통을 가졌으니
윙윙 채워 넣겠다
으스름달밤이면
뜨내기 바람도 숨어든다는데
대나무는 죽어서
그 소리를 풀어 내놓는다
굳은 마디 퉁소는
입김이 닿자마자 슬픈 가락이다
부는 사람도
한때 지나가는 바람이었던가 보다

해묵은 봄

현기증 나듯
내려앉는 봄날
늘 뒷전인 가슴에
세월 한끝을 붙잡아
누군가의 이름을 새긴다
언젠가 맞이할 아득한 일을 알 수 없듯이
오늘의 심사를
꽃에게 묻는다
생애라는 어려운 인연을
맘 졸이며 근심하면
저만큼 불안한 기색의 노을이 뜨고
부서지는 그리움같이
날아가는 향기를 알 수가 없다
뜬금없이
무슨 소원인가 더듬어
밀려오는 초록의 물결 속으로
불현듯이 미끄러져 들어가고 있다

문신

몸에
빨간 장미 한 송이 품고 싶었지
아니 그 여자는 장미가 되고 싶었던 거야
수없이 콕콕 찌르는
상처 따위는 떨어버리고
시들지 않는 꽃이 피는 거야
은은한 베일로 살짝 드러내는 요기
어떤 남정넨가
숨 막힐 듯 괴로워할 때
살기처럼
사나운 가시를 드러내 침몰시키는 거지

입하立夏

봄이 오고 봄이 갔다
한눈팔듯 라일락 향기도 몸을 떠나고
무성한 잎사귀들이 병정처럼 돋아나고 있었다
바람도 수군수군 소문을 몰고
숨 막히듯 짜 맞춘 시간에 들었다
샘물은 왜 안으로 차오르는지
부푼 구름을 띄우며 돌아오는 계절이려니
무성하게 일어나는 숲이
갈잎으로 털어내야 한다는 전제 하에서도
슬프지 않은 몸집을 불려간다
저기 밖으로 가는 무슨
맞아들일 수 없는 것을 소망이라고 하는 것인지
속으로 뼈대가 아찔하게 우는 밤이면
어김없는 광풍도 누리를 휩쓸어 가겠지만
여기서는 아무 조건을 달지 않고
어찔한 상승기류 한 줄기쯤 몸 안에 들여 보는 것이다

일몰

해거름에
마른 가지를 모아 불을 놓는다
수북한 게 맹렬한 기세로 타오르는
눈 깜짝할 사이다
한 줌의 재란 마지막의 순리여서
그마저 바람결에 맡긴다
숨넘어가듯 광풍은
어떻게 사그라졌을까
해가 뜨면 진다는 진리는
얼마나 애를 태웠는지
천지간에 어둠이 오고
더 깊은 어둠이 저 먼 데에 있다고
사라져가는 것뿐
빈자리에 또
내일을 넘겨준다
바탕이라고 디디는 어두운 곳으로
한 걸음 두 걸음
자신을 태울 불꽃도 점점 다가오는 것일까

씀바귀

굳은 뼈마니
우두둑우두둑 털고 일어서는 그루터기
해묵은 주름이 눅눅하다
모질게 숨겨 온
일 하나
쓰디쓰게 농축된 피를 풀어
안갯속 같은 꿈을 꾸어 볼거나
먼 곳의 바람결에도 역력한 불길이다
맞이하고 보내는 사이
부서진 시간
속절없이 깊어가는 자리에
누추한 흙먼지가 쌓인다
어김없이 돌아오는 생명들에게
부끄러운 손을 내밀어
디디고 있는 사명이 푸른 하늘에 닿아 있거늘
더 낮게
내려앉으리라
다문 가슴에서 노랗게
봄맞이에 부족함이 없으리라

간이역

당도하는 가을을 안고
기차는 떠나간다
빈 의자를 지키고 있는 사람은
익숙한 풍경으로 질긴 시간을 감고 있다
잊힐 듯 오뚝하게 레일에 기댄
바람을 채우는 집이다
멈춤이란 시큰한 고통을 잊은 지 오래
휑하니 달아나는 기차
영원히 만날 수 없는 평행선
두 줄 철길만이
서로의 쓰린 속살을 마주 본다
어둠이 내리는 외등도
오랜 내막을 드러내고
알 수 없는 시작과 도착이란 무거운 짐을 태울 뿐이다

입동 즈음

오늘도 버리는 연습을 합니다
사랑이란 올가미가 풀릴 기미도 보이지 않지만
빠끔한 바람결에 가랑잎 한 장 소식을 더합니다
지나친 햇빛이 너그러웠지만
그림자 만드는 뜻을 알지 못했지요
어둠이 내려도 마찬가지
제 몸을 태워 촛불이란 이름을 얻기까지
어떤 사연이 있었을까요
자신을 바라보는 것이 버겁게 무슨 거룩한 사연들이
세상의 일이 아닌 것 같아서요
수레바퀴 지나가고 숱하게 뒤를 따르기를
다져지는 게 길이라고
그렇게 멀리 갔다 돌아온 걸 고난이라 기록하는 것일까요
밤새워 앓았어요
마지막이라도 후회는 없겠지만
저 끝과 이 끝의 사이에
좀 더 정직해지자고
하지만 남은 기름 다 태웠을 때
텅 빈 그릇의 추레함을 어떻게 감당하는 거지요
모두를 떠나보내고

쓸쓸해지는 바람결에
아무래도 안되겠다 싶은
뜬구름 한 자락 남겨둔 안타까움을 어찌 할까요

꽃이

피는 게 아니고
터지는 거야
그냥 살면시 일어나는 일이 아니야
절규야
나는 독하지 못해서
안쓰러워하며
스스로
오므라드는지
속에 서러움의 불길 더 지피며
일순을 기다리는 거야
화려한 핏빛 저녁노을도 다 그런 거야

꽃

너를 보고 온 뒤가 문제다
네가 밉도록 아름답지만
팡팡 열리는 기운을 주체하지 못하는
내가 가엾어
소쩍새처럼 봄밤을 긁어댄다
너도 너울을 벗어버리면
차라리 부끄럼이 없을 터
뭐 그리 하늘하늘한 바람에도 떨며
목석같은 넋을 헤매게 하는지
속으로 애타는 것을 잘 알지만
그렇다고 화려한 가식을 스스로 벗지 못하는 너
지금이 아니면
지나간 것은 아무 소용이 없어
그때는 나도 너에게서 아주 멀리 가 있을걸

수덕에 들다

제2부

깊고 푸른 **꿈**

저녁나절

낮잠 한숨 늘어지게 자고 나니
참나무 매미도 울음을 뚝 그쳤다
산그늘이 마루까지 점령하고
숨을 토하는 해도
얼굴이 붉다
저 건너 보이는 아리송한 형체여도
누군가의 어깨에 손을 얹은 듯
땡볕이 축 늘어진 사이로 돌아가는 길이다
좀 더 정직하자고
온종일 묶어둔 멍멍이를 풀어
바깥 길을 돌아올 참이다
빛과 어둠 사이는 얼마나 붉은 노을인가
양면을 포개어 무슨 평정인 듯
느린 걸음이지만
반성의 기미를 보이지 않는 무료함이려니
매달린 줄에 끌려가듯
얼빠진 시간에 대하여 답이 없는
다들 돌아간 뒤를 무슨 길이라고 걷고 있는 것일까

봄날

나른한 들녘
무슨 이유인지
바람이 불고 있다
울렁울렁 속이 부풀어 오르고
어느새 질펀하게 무어라도 받아들일 태세다
푹푹 발목이 빠지도록 흥분하는
욕망이란 모양이다
그게
남의 밭인들 탈이 날 리 없고
씨 뿌리는 일은 아무 잘못이 없어
대지는 변함없는 어머니다
쭉쭉 펴고 오르는
정체가 무엇인지 염려할 필요 없어
맞대고 걸고
거짓 같은 진실이 드러난다
겨우 내내 웅크렸던 상처도
별일이 아닌 듯
늦게 찾아온 것에게도 분명하게 자리가 있다

사월이 간다

모롱이 돌아서면 큰길
거기 누가 오는 것도 아닌데
바람이 말아오는 묵은 사연들
언덕배기 후딱 넘어가는 봄날이
어쩌면 남의 것인 듯
부끄럽게 들키는 가시덤불 생채기였지
잘 가거라 믿음이여
망가진 약속과 무성하게 덮어오는 거짓말도
용서해 보내는 것
속속들이 후비는 후회가
부질없는 일인 줄 알면서도
올가미를 벗어나지 못하는 미련을
더는 그립다고 할 염치도 없는
홀로의 길이다
거친 바람이 불고
흙먼지를 몰아
낯선 것들이 밀려오리니
저들 속에서 이방인처럼
뼛속에 간직한
속절없는 애환 따위를 어찌할지 모르겠다

봄비 속에서

무작정 나가 보는 것이다
뿌연 시야에 꼼지락거리는 것들
숨죽인 초목들도
오염을 씻는다
지난해 아픈 잔해도 푹신 내려앉아
자리를 내어준다
도랑을 내는 작은 물길도
출렁출렁 폭을 넓히고
깊게 팬 늑골을 덮어 주리라
한 발짝은 어딘지 모르고 두 발짝은 두렵지만
예사롭지 않은 게 마음이다
우산도 집어 던지고
한 아름이 얼마나 넓은지 느끼는 것이다
흠씬 적시며
왜 이리 두근거리는지
반란 같은 아우성 속으로 들어가 보는 것이다

옹이

잘 나가다
곁가지로 간 게 탈이었다
가까스로 잘라낸 자리
깊이 박힌 흉터를 안고 살았다
그렇다고
멀쩡한 민낯도 아니고
언제나 아픔을 안으로 들이고 있었던 것을
이게
천천히 불이 붙으면
그제야 제 슬픔이 녹아 나온다
다른 목질 푸시시 꺼져도
시커멓게 그을은 속내를 드러내며
아궁이를 뻘겋게 달군다
오래 참은 자의 영혼 같은 불꽃이다

바람개비

바람을 맞으며 사는 거지
돌고 돌아
그 중심으로 모이는 슬픔
앞으로 달려가면 거센 바람뿐이지
어느 순간 팍 고꾸라져야 그
고통이 멈추는 것이겠지
하지만
바람 한 점 없으면
아마 질식해서 죽어버렸을 거야
헛것이라 잘 알면서도
울고 웃고
바람맞는 운명을 어떻게 피할 수 있어

춘사春思

아무 방비도 갖추시 못한 채
또 봄이 밀려온다
한겨울 매서운 바람은 참을 수 있어도
이게 더 무서운 거야
바싹바싹 봄을 타는데
주책 같은 나이를 죽 늘어놓고 기웃거리는 거야
한사코 맺지 않는 것이 좋겠지만
그리운 날들이며
잊지 못한 일들 버겁게 안겨온다
멀리 조각배처럼
향배를 모르는 꿈인가 본데
이제는 아픈 사랑 하나라도 안착시켜야 할 것 같아
두근거리고
달아오르고
형벌 같은 따스함이다
드러낼 일도 아닌 그저 작은 벤치
그 옆자리에 낙엽으로라도 꼭 돌아오리라는
믿음 하나 세우는 그런 봄날
앞다투어 피어나는 꽃들은
모두 결실을 볼 것인지
무모한 놀음 같은 시간을 당겨보고 있다

산

마주하면
부끄럽고 두려워
발치에 주저앉았지요
남루한 세월 흘러도 오를 수 없어
이제 산그늘 지기를
곧 어둠일 거라는 막막한 일로
더 말똥말똥하기 마련이지요
너무 어려운 거라고 에두르는 물길마다
뼈를 깎는 소리도 들리는데
어눌하게
정수리에 남은 햇살 한 올 끌어안습니다
사랑하며
뭐 하나 아프지 않은 게 있을까요
쉼 없는 절박감이
호흡을 멈출 듯하지만
엄숙한 경전에 든 듯
실낱같은 정신입니다
멀어져간 게 그리움이라면
앞서 올 소망이라고
무언의 말씀이
저 높은 곳에서 선회하고 있나 봅니다

강둑을 걷다

이게 본래의 일이지
쉼 없이 내리는 물
언덕 위에 늙은 소나무도 졸음에 겹고
산들바람도
수면에 잦아든다
낮은 구름도 산허리에 가쁜 숨을 멈춰
알맞게 비를 뿌린다
가야 할 세월을 볼 수 없다는 게 얼마나
깊은 슬픔인가
고개를 푹 수그린 갈대밭을 지나서
너무 섭섭했던 아리따운 이름을 가슴에 저미며
저토록 한정 없는
노을을 맞이하는 것일까
아무리 해도 마주할 수 없다는 사실이
원천을 향하는 물처럼 무거울 때
깊이 패이는 흔적은 또
누구에게 상처가 되는 것일까
그날 그때의 기억이 되자고
낮은 철새들도 발자국을 남기며 돌아가는 것일까

소주병

비우면 허전한가 보다

잘람잘람 채웠던 거 다 쏟아주고 나면
파란 고독이 몰려온다

누군가의 눈물이 되어 흘러내릴 때쯤이면
뒷전에서
아무렇게나 불어오는 바람을 맞는 것이다

아무래도 밤새워 우우 울어야 하는 모양이다

목련

네 살은 따뜻해
여린 달빛처럼 조금씩 차오르고
목마른 하늘빛
참아 터지는 가슴에 무엇을 담으려는지
버리는 걸 생각도 못 했지만
어느새 뚝뚝 떨어지는 아픔인 것을
뒤늦게 하나하나 주워
마음 한가운데 들인들 무슨 소용이 있겠어
하긴 그게 그리움이란 형체로
밤을 지새우기도 하며
쥐어뜯기도 하지만
지금도 살아가고 있는 게 그 때문인지도 몰라

나이테

잘린 소나무
안으로 과녁을 키우고 있었구나
수없이 날카로운 침을 속으로 날려도
변죽일 뿐
중심을 맞히지 못한다
만점짜리 과녁은 더 견고하게 고통스러워진다
텅 비우고 날릴 침도 없는
대나무처럼
우쭐대며 사는 것이 편할는지 모르겠다
혹심한 시련이 꽃이다
뱅글뱅글 세월을 풀어내는 데 아무 문제가 없겠다

호젓하게

오솔길 들어서
내 발길 들여다봅니다
홀로라는
애써 지우려는 한 무리 구름 같지만
나뭇잎 서걱서걱 부딪는 서슬이
또 무슨 일이 있나 봅니다
새 한 마리도 길을 앞서지만
여전히 오고 가는 의미를 찾을 수 없습니다
저 건너 산 그림자 내려오고
이제 밤길이어야 한다는 무거움도
부질없이 뒤를 미는 세월 때문이겠지요
더는 꿈꾸지 않기를
한결같이 살아있는 것들이 돌아가는
진실을 밟으며
우리라고 맺지 못할 슬픔 같은 것도
여운으로 넘깁니다
피고 지는 기척을
다 끌어안을 듯
무슨 소용이겠지만
뼈마디에 새겨진 추억 같은 거
무슨 염치라고 드러내겠어요

여명

무슨 일일까
어저께 저물었던가 싶은 빛이 파란 지붕이며
어둑한 길을 열어놓는다
숨을 고르는 시간
얼마나 달려왔는지
별들도 추레한 짐을 부리며
멀리 있는 것들도 스멀스멀 가까워질 채비다
비로소 일어나
목마른 소 물 먹듯 알 수 없는 기운을 빨아들이는데
빨리 오는 거나 늦게 오는 거나
한결같이 거대한 수레바퀴로 빨려들 듯
어떤 큰 힘이 당기는지
아기 걸음마처럼 한 발짝 두 발짝
뒤늦은 기대를 불러들인다
이른 것은 얇은 막이 터지듯 아찔하게
오래 재워둔 눈물을 일깨워
섭섭한 것들도 아래로 가라앉는다
거짓말 같아도 사랑이라고
숱한 사연들이 아지랑이 늪으로 눈을 트리라
무딘 발동을 걸어
아스라한 지평으로 정신없이 달려 나간다

깊고 푸른 꿈

옛날 일 같다
희미한 풍경이 지워지는 화면에
기적처럼 일어나는 일이다
저 위로 수증기를 올리는 힘이 거대한 산천을 들썩이고
거친 호흡이 퐁퐁 구름을 만드는가 싶다
멀리서 지쳐 돌아오는
언 발을 녹이듯이
질펀한 흙에 씨앗을 뿌려야 한다는 숨 가쁜 일을 맞이하리니
숨겨진 눈물을 글썽이게 한다
방금 당도한 햇살이
거울 같은 수면에
푹신하게 내려앉는 심사
기필코 일을 내야 하려니
여기서는 근심 걱정도 피가 되고 살이 되는 것이다
온 누리가 같은 숙명이라고 깨닫기까지
저기 바쁘게 밀려오는 먹구름도
알맞게 비를 뿌리게 된다
벌 나비 잉잉 날아드는 꽃이 뭉개지지 않듯
감미로운 키스의 뒷일이
딱히 슬픔을 담고 있는 것만이 아니다

오늘도 시큼한 손목을

하나의 도구 같은 기쁨으로

아득하게 밀려오는 거대한 물결에 맡길 일이로다

수덕에 들다

제3부

버드나무 벤치

회상

젊은 날
이마를 스치던 안개
아직도 한 생각은 깊어
비가 되어 내리고
늦가을 햇살 한 줌
손바닥에 차다
떠나야 했던 사연을
사무친 위로로 다짐하기를
굳어버린 꿈에 대하여
그래도 눈을 트리라고 믿는다
생生이란 질긴 조직을
떠받치는 기둥이 그리움이라고
그래
밑지고 남을 것 없는 값이
사랑일 것이야
한 발짝 물러선 자리에 쌓이는
고뇌의 부스러기들
주워 담지도
쓸어내지도 못하고
가벼운 바람결에도 살랑거린다

무수한 시선이 따가운

숨기고 싶은 일도

스멀스멀 살아나는 저녁나절인가 보다

파종

씨앗들
푸석한 땅으로 뿌리를 내리며
주위를 살핍니다
어디만큼인지
시퍼렇게 내려온 습성은 목마름입니다
쑥부쟁이도 척박하게 앉은 자리를 탓하지 않습니다
무엇으로 이 봄이 찬란할 것인지
애증은 괴로워도
생명은 성스러워
한 방울 이슬이 빛나는 축복입니다
깊숙하게 감추어진 비밀을 풀어내는
아련한 연둣빛
온 누리 우러르는
모두의 행복입니다
쭉쭉 뻗어나가는 녹음은 우리들의 자랑입니다

창을 열며

손바닥만큼이라도 비워두고
고단한 세월도 흘러가고 볼 일이다
너밖에는
한사코 가지려 한 것이 없어
등을 보이는 나무는 얼마나 나이를 먹었나
힘든 시간 속에서 더욱 행복했어
너무 늦지 않게
눈물 한 번 훔치고 나면
넘지 못하는 한계는 나를 일으켜 세우는 것
독백하며 쓸어 담는 버릇처럼
아직도 설레게 하나니
오늘 하루는 더욱 길 것을 염려한다
주체할 수 없는 속박을 풀어
이제 부드러운 옷을 입고 싶다
막 도달하는 봄날로 은근하게 빠져들고 싶다

추상追想

지난여름은
얼마나 힘들었어
뭔지 모르는 것을 채우고
한 계절을 비켜서면
나의 소망아
때로는 숨 막히던 먹먹한 가슴이
잎사귀를 떨어버린 나무처럼 드러나고
그게 홀로라고
정녕 배반하지 않은 외로움이라고
쓸쓸한 바람의 자리에 서 있을 것을
천박한 것이 휘감았던 일이라면
오히려 홀가분하려니
그래도 저 노을을 어떻게 감당해
진실로 눈감고 귀막고
처절한 울음의 근원을 찾아
어디로 가고 있는 것일까
나의 사랑아
캄캄한 밤에 불러야 할 노래는 무엇인가
머리 푼 억새풀 씨앗들이 저 들판을 다 덮도록
눈보라 몰아칠 입구를 지켜보는 일

여기서 자신 없는 오기처럼 쓰러질지라도
추억이고
아픔이었던 것들이
누군가를 따뜻하게 덮어줄 수 있을 것일까

버드나무 벤치

옆자리는 비어 있네
척척 늘어진 가지에
빗방울이 뚝뚝 제 눈물을 짜내듯
저만큼 가다 섰다
그래도 끝내 돌아보지 않던 얼굴에
척척 감기던 머리카락
비가 내리면 홀로 앉아
소주를 마시고 싶어
자꾸만 취하고 싶어
점점 고조되는 빗물은 어디만큼 흘러가나
돌아오지 못하는 염려를 연약한 흔들림으로는
어찌할 수 없어
정해진 방향은 먹구름 짙은 저녁을 맞게 되는 것
짐을 다 버려도 무거워지는
흘러가는 물결이라 하겠지
더러는 비 멈춘 사이 부르르 몸을 터는 바람으로
애매한 믿음 하나
내세울 수 있는 것일까
어느새 아무 대책도 없이

우수수 쏟아지는 버들잎들

취하는 게 아니고 물귀신같이 젖어가는 거야

세모

이맘때면 왜
손을 안으로 들이지 못하는 것일까
묶인 자루처럼 되는지 몰라
흐릿한 시야 속으로 미열이
아편꽃 피듯
휘청거리는 세월을 끌어안고 있지
새로운 것이라고 아우성 속으로 발을 디디지만
내 것 같지 않아
욱신욱신 혈압이 한계를 넘을 듯
구석에 웅크리게 되지
목이 마른 모양이야
떨어야 시작이라고 외치는 끝자락
좀 더 정직해지자고
이리저리 뒤채는 쓰레기를 용서할 수 있을까
그래도 괜찮아
괜찮아
자꾸만 쓸어 덮으며 나아가는 것이려니
뜻을 세우기보다
내려앉는 것들에게 순응하는 거야
이제는 외로움에 슬픔에 하나같이 적응해 나가는 거야

용도

다 읽은 신문지
또 할 일이 남아있다
차곡차곡 쌓인 거
하나씩 뽑혀 나간다
뭔가 둘둘 말아 싼다든지
좍 깔아놓고 앉아 자장면 먹는다든지
그중에도
바람 가린 역 구내
노숙인의 배를 덮어주는 거룩함까지
하지만 나는
컴컴한 아궁이에
불태우는 게 제일 좋겠다
하나하나 날이 선 활자를 구겨
후루룩 태워버리면 얼마나 가벼울까
추운 밤
뜨뜻하게 구들을 달구기를
한겨울을 그렇게
숱한 사실이 사라지는 것을 보고 싶다

허풍

구겨진 비닐봉지가
바람을 가득 담고 하늘로 오른다
침침한 구석에나 뒹굴 텐데
어쩌자고 깃발처럼
둥둥 뜨는 것일까
이왕이면 더 높이 더 멀리 종횡무진
한풀이처럼 날아다녀도
곤두박질치기 마련이다
어떤 기대감으로
허파에 바람이 드는데
순진하게 살아온 껍데기라고 예외일 수 없다
늘 가슴을 쓸어내리지만
어쩔 수 없는 심사
헛것인 줄 알면서도 받아들인 잘못이다
향방 없이 떠돌다
만신창이로 일그러진 비닐봉지
우쭐한 미루나무 흔들리는 키 위에 걸려
함께 건들거린다
한밤중에도 부르르 몸을 떨어 무슨 소린가 내고 있다

봄날

마을 앞
느티나무에 매달린 스피커에서
주현미가 간드러지게 꼬리를 치고 난 뒤
이장님 굵직한 음성이 들렸습니다
이파리도 반짝반짝 떨고
검둥이도 찔끔 오줌을 쌌습니다
씨앗 나누어 준다는 말씀은 안 해도 다 아는데
빵빵 덩달아 나팔을 부는 꽃은
야릇한 냄새까지 풍깁니다
딸딸딸 경운기 뒤에 타고 가는
아줌마 히프가
유난히 커 보입니다

기적

가녀린 꽃잎이네
펜실베이니아에 사는 여덟 살
댈라시 브라운
급성 백혈병으로
몇 주밖에 남지 않은 생명
마지막 생일 전에
마을 사람들이 불러주는 캐럴을 듣고 싶어
소문에 소문
모여든 사람들
모두 손을 모아 부르는
고요한 밤
거룩한 밤이었네
마을 밖 세상 사람들도 같이 불렀네
한 천사가
잠시 소풍 왔다 올라가는 길이었네

이걸 어찌 해

질척한 시장 골목
꾀죄죄한 엄마와 계집아이
신이 나 있다
아이 손에 들린 조그만 케이크
내일이 생일인가 보다
팔짝팔짝 뛰며 들떠 있는데
아뿔싸
옆구리가 열려 그만
땅바닥에 처박히고 만다
순간으로 알밤이 날아가며
주워 담는 엄마의 손이 통통 부어있다
왕 하고 울음보 터트리는 딸에게
격하게 내뱉는 말
'뒈져라 뒈져'

짬뽕

뒷골목
안창으로 들어가면
무엇이 섞였는지
분간 못 하는 냄새를 풍긴다
삶이라는 엄숙 앞에
부끄러운 첨탑이 보이고
오늘의 일이 저물지 않는다
입구만 빤한 중국집
연신 후비는 냄새를 골목 밖으로 날리면
무슨 기별이 올 듯
밖의 바람도 기세를 더한다
시커먼 사내들이 어떤 일을 저지를 것만 같은
욕망이라고
곱빼기 짬뽕의 위력은 대단하다
눈물 콧물
혹한의 입김을 녹이는
낯선 인정처럼 목구멍을 내려가면
막창같이 퀴퀴한 골목도
뒷심을 받고
오늘 밤 짬뽕같이 어우러지는 꿈도 꿀 것이다

둥지

누군가 이사를 온다
허름한 연립주택
며칠 전 빠져나간 영혼도
아직껏 옥상을 맴돌며 담배를 피운다
해묵은 배롱나무는
금세 친숙해진 아이들을 조랑조랑 매달고
매끈한 몸뚱이를 내맡긴다
정직한 계단의 숨통은
찜찔하게 절은 손잡이를 돌려 열 수 있는 것
하늘로 난 창은
날아가는 것들의 무대이다
시원한 바람이 불어오고
퀴퀴하게 섞인 냄새가 퐁퐁 빠져나가면
간밤의 불면도 날개를 단다
하룻밤 흐드러진 꿈으로
아침의 출구는 같은 모습이다
홀로 된 여자도 연한 분을 바른 얼굴을
간간이 내보인다
빼꼭하게 짜인 연립주택이
기지개를 켜며 서서히 움직이고 있다

도구

시도 때도 없이
팬을 보면 흥분한다
갈겨쓰고 싶은 성질이 급하다 보니
내가 쓴 글씨를 몰라볼 때도 있다
필통에 꽂힌 것 말고도
서랍을 채운
묵은 것 새것
하나하나 이력이 있다
오늘은 어느 것을 꺼내어 쓸까
좀 우울한 날은 까슬한 촉을 쓰고
격할 때는 부드러운 촉감을 찾는다
고를 때 달그락거리는 소리도 참 좋다
마치 어떤 사람을 만나려는 기대처럼
손에 잡히는 것
아주 오래전 까까머리 시절부터 쓰던
허름한 것이 내 말을
제일 잘 듣는다
온갖 회포를 다 풀어놓고
펜을 탁 놓을 때가 큰 위안이다
푸른 잉크 냄새도 어떤 사람의 체취만 같다

무슨 작업

지루한 장마에
들깨밭에 벌레가 들썩인다
이러다가 씨도 못 건지는 것인지
농협에서 살충제 한 병 사 들고 와
분무기를 둘러메고 농약을 친다
힘찬 펌프질에
가득 채운 용액이
좍 퍼지며 잘도 나간다
점점 등에 멘 무게가 빠져나가며
삐꺽 삐꺽 푸르르
분무 꼭지에서 찔끔찔끔하더니
힘없이 일을 끝내버린다
있는 거 다 소진하면 이렇게 되는구나
이 몸도 점점 가벼워지는 게
많이 빠져나간 모양이다
지긋지긋한 벌레도 이제 다시 오지 않겠지
안심하고
성큼 추석이 다가오는데
고소한 들기름에 전을 부쳐 먹으면 좀 보충이 될까

기우杞憂

나이를 먹으니까
육식이 께름하고
우아한 식사가 역겹기도 하다
맹수가 약한 짐승을 잡아먹는 화면을 보고
저것 봐, 저 악독한 것들, 하면서도
자기 입에 들어가는
무지막지한 먹이는 생각하지 않는데
약육강식이라는 엄연한 구조를 놓고
뭘 그렇게 소심해
아주 어렸을 때
아버지 생신날이었을 거야
장정들이 집에서 기르던 개를 잡는데
발악하던 눈빛이
아직도 지워지지 않는단 말이야
초원을 소 떼처럼 달려
푸른 하늘을 안으면 얼마나 좋겠어
무르익은 오곡으로 채우는 배 속
시큼한 방귀도 절대로 역겹지 않을 거야

갱년기

낡은 시계가 어둠을 향하여 움직인다
빨래를 개던 아내는 연신 저린 손을 털고 있다
아내의 시간은
방금 걷어온 빨랫줄처럼 느슨하게
어느 때건 힘든 무게를 감당한다
무엇인가 따뜻한 용해를 기다리는 나이
아내는 요즘 부끄러움을 많이 탄다
사랑이란 허구로 포장된 노동 아래
숭숭 구멍이 뚫린 뼈가 두드러지게 드러나 보인다
발 앞에 쌓여가는 세월은 깊이를 더하고
짧은 휴식을 어설픈 화장처럼 위장하여 내일을 맞는다
가녀린 초침처럼 다가오는 손길
속절없이 어루만지는 이 밤은 깊어만 간다
파르르 떨리는 실핏줄을 타고
적어도 날 새도록
아내의 시간은 팽팽하게 탄력을 받을 것이다

수덕에 들다

제4부

수덕에 들다

초파일

성주사지
깨진 기와 더미 위에 햇살이 멈춘다
나무들도 때맞춰 잎을 활짝 연다
가슴을 쓸어내리는 날이 숱하게 쌓이고
인하여 깨달아 가는 우매한 일
연한 가슴에서 울음은 시작되고
진리는 낮은 곳에서 빛난다
다 소중하여
버릴 것이 있으랴만
오직 바라보고 또렷이 생각하여
작은 풀꽃 합장에
기왓장 사이 작은 벌레 하나
명상에 들어 있다
빈 가슴 열어보면 거기 앉아 계신 부처님
어딘들 아니 계신 곳이 있으랴
작은 돌멩이도 청명한 날을 받는
천년의 폐허
쉼 없이 내리는 물살에
시커먼 청맹과니도 눈을 씻는다

공즉시색

수덕사 뒷방에 변변찮은 스님
염불은 저리하고
수묵을 치고 있는데
불쑥
더는 밀을 털이 없이 빠져버린 대머리에
쓱쓱 먹을 바르고
홍등가라도 내려가고 싶다 하신다
'스님 그러지 마시고 색깔을 넣으세요'
무슨 심사인지
화려한 모란꽃 몇 송이
슬그머니 내비치고 가셨는데
결국은 불성인 듯
왕생극락의 길도 그리하셨던가 보다
황감하게 받아와
매일같이 바라보며 나무 관세음보살

무슨 인연으로

참 예쁜 스님요
백옥 같은 얼굴에 진한 속눈썹
눈이 시려요
모르는 척 환속하여 온갖 사랑 받았으면 좋으련만
아주 눈썹까지 밀어
견성오도 나오지를 말든지
오늘 안경을 맞춰 쓰는 걸 옆에서 봤네요
사실은 뭐 그리 멀리 보실 일도 없을 것 같은데
저는 심안이 얼마나 깊은지
그게 더 궁금하네요
백팔번뇌 다스리려면
면벽칠년은 감내해야 한다는데
팽팽한 세월을 퉁기면
아름다운 소리만 날 것 같아요
저는 너무 무식하여
세속 잣대로밖에
알 수 없는 아리따운 아가씨가 틀림없는데요

마곡사 입구

누군가
바위 위에
납작한 돌을 놓고 갑니다
뒤따르던 사람도
그 위에 돌을 놓고 갑니다
엇갈리는 것이 사람의 일이라
따로 사뢴 염원이지만
한 가지로 생각이 멈춥니다
한 남자와 한 여자의 생각도
마찬가지입니다
숱한 사람의 물결이
빠져나간 뒤
보잘것없이 쌓은 돌도
탑이란 이름을 얻으면
바로 진리입니다
저 안에 비로자나님도
부처가 되어서야 그것을 깨달았습니다

단풍

금오산 향천사°로
단풍 맞으러 갈거나
어느새 붙은 불이 전각을 덮고
안으로도 타오르는데
발치에서 넙죽 절 세 번 올리고
단풍 이불 덮으러 갈거나
어떤 슬픔도 자비가 된다는
저 깊은 사유의 문
턱에 걸터앉아
넘어가는 해를 바라볼거나
알지 못할 태곳적 창생들이라도
내게도 스며든 붉은 빛일걸
서산 너머란 아득한 길로
하마터면 놓칠 뻔했던 인연 따라
줄을 서볼까
가난하여 맞이하지 못한 생각도
아무런 기색 없이
단풍이 들 수 있을까
걸어서 성큼
불붙는 향천사로

기약 없는 오랜 여행을 떠나 볼거나

* 예산에 있는 사찰. 단풍이 장관임.

수덕修德에 들다

오늘은 경내에서 서성거리려니
마당귀 햇살이 빠지도록 목이 마르다
늦가을도 싸늘하게 자락을 내리지만
정작 알 수 없는 어둠이 아래로 내려온다
이쯤 하여 서서히 깨어나는 것들
삼라만상 쇠북소리에
숱한 별도 오목렌즈 안의 마당으로 모여든다
한 걸음 수행이 가랑잎 같아
불사를 줄 모르는 업보를 끌어안고
무슨 인연이 이루어질 수 있을까
첩첩 능선이 벌거숭이로 바람을 넘기면
흔들리는 것들
뎅그렁뎅그렁 풍경소리로 해원을 재촉하지만
좀 더 어지러운 늪을 허우적거려야
선정禪靜 한 줄기 짐작이라도 할지
여기서는 무한의 시간이 도달하여
한 잎 공덕이 경전이거늘
더도 말고 발치에서
불면 날아갈 것 같은 이승이라도

슬쩍 얹어놓고

덧없는 염원을 깨달음처럼 짚어 볼 수 있을까

저녁 기도

노을이 타는 들녘
익어가는 곡식들은 머리를 숙인다
풀잎들도 허리를 굽힌다
나직이 울기 시작하는 풀벌레
긴 그림자 가운데 끼지 못해도
밤새워 초롱초롱 어디엔가 교신하고 있다

성탄의 밤

내가
그 입김으로 떨어진
가랑잎이라 죽어버린 통나무라
자근자근 불붙어
그 옛날 청동을 녹이는 새파란 불꽃으로 타올라
숨가쁜 풀무질이 즐겁게
서릿발 기나긴 밤이 지나고
아득한 나라의 목자도 깊이 잠든 시각
갓 만들어진 청동거울 속으로
간절하게 깨어 있는
별 하나

이순

오랜 침묵이 길들자
듣지 못한 소리가 귓전을 두드린다
이쯤에서 돌아서는 법도 배우고
세우려던 깃발을 접어두는 것도 중요하겠다
애당초 없던 일이라치면
그리 섭섭하지도 않을 것을
오랜 노역을 해체하는 시원함이다
저게 하늘이고 바람이고
비우는 자리에 선뜻 들어서는 것들
입을 달막거려 어디엔가 전하고 싶다
저 수많은 사연이 열매가 없어도 좋겠다고
낮은 눈물을 글썽인다
사실은 무슨 심사를 따져보거나
뒤돌아보지 말자는 따위이지만
지나온 길이
아주 지워졌으면 좋겠다고
거기에 잊혀진 등불 한 번쯤 밝혀보고 싶다

모자

나이가 드니
모자를 쓰지 않으면 밖에 나가기 곤란하다
어떤 젊은 시인은
빵모자 눌러쓰고
줄줄 시를 토해내던데
내게는 비바람 햇빛 막아주는 모자면 족하다
밤새워 시를 쓴다고 씨름하다
땀에 젖은 밀짚모자를 쓰고 나서는 일터
나와 꼭 맞는다
한겨울에도 폭신한 털모자 하나면 족하다
신분에 따라 모자를 쓰던 옛날
책임이 분명해서 좋았겠지
신라 금관의 영락은 수많은 백성을 매단 것 같아서
더욱 무거웠겠다
사람들은 나보고도
빵모자 하나 사서 쓰면 좋겠다고 하지만
지금 이 모자가 참 좋다
부끄러운 얼굴을 가리는데도 적격이기 때문이다

맨발

장화를 신고 논에 들어간다
질퍽거리는가 싶더니
삽시간에
장화가 푹 박힌 채 발만 쑥 빠진다
일을 마저 해야겠는데 에라 맨발로 그냥 하자
무논의 질감은
부드러워 다칠 염려는 전혀 없다
어디가 수렁일지
허벅지까지 빠진들
혹은 아주 헤어나지 못해도 좋겠다는 생각이다
저기
새벽 정기를 머금은 묘판을 가득 싣고
모내기를 시작하고 있다
하늘이 푸른 걸 보니 썩 좋은 길일인 모양이다

위로

본래 잡기雜技를 좋아하지 않는데
늙은 어머니와 가끔 민화투를 쳤다
평생 쉴 사이 없던 몸이 말을 안 들으니
경로당에서 돌아오면 천정만 바라볼 뿐이다
일어나 저하고 화투해요
아이고 그럴 틈 있냐
반색하고 벌떡 일어나신다
침침한 눈으로
짝 맞추는 데 한참씩 걸리며
슬쩍 옆으로 훔쳐봐도 모르고 열중이시다
광光짜리 따가게 슬그머니 내어주고
끗수 따져보면 번번이 어머니가 이기기 마련이다
의기양양하여
너는 어려서부터 이런 거 못 했지
어째 그렇게 한 번도 못 이기냐
그럼요 어머니는 본래 머리가 좋아서 잘하시네요
손에 힘이 없어서
화투장이 주르르 쏟아지는 것을
고르게 쥐여주며
울컥 밀려오는 무엇인가 고개를 돌린다

절차

무엇이
그리 급한 일이었을까
반듯하게 뉘어 놓고
엄니 숨 돌리세요
한마디 말도 못 하고
어두운 얼음 창고로 보내는 심사
구십 평생에 삼일 밤낮이라야
몇 시간이나 되나
서둘러 흙에 묻고
면사무소에
그 이름도 붉은 줄로 지우고 나니
졸지에 더 큰 죄를 지었구나
허둥지둥
빈자리에 들어서는데
이제 터지는 눈물 따위야 무엇을 하랴
몇 발짝 뒤에 걸어오는
아들이
내 뒷모습을 물끄러미 바라보고 있다

생가生家

오래된 집 하나 있어
안채엔 근엄한 주련도 몇 개
전생의 업보로 이 집 문전 들어설 때
입을 닫은 여인 하나 있어
카랑카랑하던 목소리가 문간을 울릴 때
타는 가슴 활짝 열어 내뱉던 불꽃 너울대던
아궁이 앞에
쇠 부지깽이 쿡쿡 찔러대며 터지는 입
하나도 쓰잘머리 없는 말
아궁이가 삼켜
하얀 연기로 하늘에 올리던 말씀 그 말씀들
흰옷 입은 여인 하나 스르르 집으로 들어오듯
자정에 달이 뜨고
휘영청 밝은 창에
서성이는 참대나무 꼿꼿한 그림자

한가위

모처럼
두레상에서 식사를 한다
상 밑으로 기어다니던 손자 놈
성큼 한 자리를 차지하고
며느리는 조금 뒷전으로 물러앉는다
이리 보고 저리 보아도
얼굴이 잘 보인다
모서리에 부딪히기가 일쑤지만
여기서는 일 없다
두레상을 혼자서는 들 수가 없다
아들과 함께하는데
손자 놈이 저도 끼어든다
조심조심 수평과 걸음을 맞추어
삼대가 같은 행보다
가운데로 눈이 집중되고
한데로 모은 힘이다
둥글게 세상을 살면서 함께할 일도 많아진다

변신

그저 평범한 아내가
갑자기 예뻐 보이는 거 있지
신록으로 둘러싸인 절간에
연등을 달러 올라가는 길이다
생기를 받아 발그레 오르는 얼굴
관음보살의 현신인 듯
보는 사람도 없는데
끌어안고 뽀뽀라도 해 주려는데
손을 홱 뿌리치며 눈을 흘기는 게
더 예쁜 것 같아
주책이라도 즐거워
자손들 이름이 매달린 연등에 불이 켜지며
고요하던 전각도 은은하게 빛을 내고
이 밤에
요사채 한 칸 빌어
신혼처럼 아내를 맞이하고 싶은 불경일까

수덕에 들다

제5부

아내는 **단풍** 구경 가고

아내는 단풍 구경 가고

가을이 깊다고
아내는 단풍 구경을 가고
버릇대로 아무렇게나 벗고 나간
옷가지를 정리한다
새삼스레 훅 하고 끼치는 체취
아내는 지금 단풍에 취하여
인생이 허무하다고 느낄지도 모른다
단풍 속으로
아주 들어가고 싶을지도 모른다
세상만사 다 접어놓고 홀로일 때
시야가 넓어진다는데
거기에 툭 하니 단풍잎 하나 떨어지면
눈물도 묻어나겠지
곁에 있어도 모르는 게 사랑이어서
반쯤 넓어진 방이 허전한가 보다
훗날 어떤 연유로 쓸쓸하게 될 때
아니함만 못했더라고 짐작해 보면
지금 다스리지 못하는 마음은 어쩐 일일까
철없는 노릇이지만
모르게 해줘야 할 일도 많다고

빨갛게 물들어 돌아올 아내를 기다리며
깊숙하게 묻어둔 내막을 은밀하게 되만져 본다

모교母校

방석만큼

하늘이 내린다

누대累代의 왕소나무도 힘겨운 어깨를 내린다

너에게 이르는 길은

회오리바람처럼 갉아 먹은 세월이었다

너를 떠나기 전에 나를 잊어버렸다면

얼마나 좋았을까

가슴을 닮은

희미한 트랙으로 날아온

낡은 축구공 설익은 바람이 빠지고 있다

거친 발길인데도

큰 용서의 포물선으로 내려앉았구나

허연 낮달도 어쩔 줄을 모르고

그래도 하늘은 넓고 여전한 동안童顏이 웃고 있다

노을

바닷가
한적한 카페
자그마한 창에
수평선이 걸려 있다
저 너머는 나도 잘 모르는 곳이다
그 경계 위의 해도
그래서 얼굴이 붉은 것 같다
이제 조금 있으면 천천히
지워지겠지
옛사랑의 흔적같이
돌아가는 곳
얼마나 먼지 몰라도
옆에서 권하는 위스키 몇 잔에 잠긴다
무슨 말인가 아득한 것 같은데
몽환처럼
창에 불이 붙어 있다
어둠이 오기 전에는 늘 그런가 보다

본능

노을이 눕는 것을 보고
몸을 일으켰다
나를 뒤집어
왕성한 식생의 밤이 온다
낮은 나무숲에서 매미가 운다
천진난만한 습성으로 이끌리어
나는 아무 죄가 없다
너울거리는 파도에 실려
어디로 가고 있는지
사치스런 바람이 볼을 스칠 때
나는 외롭다
아무것도 모르는 심박동
위대한 일에
몰두할 것이다
한 번도 와 보지 않은 곳이다

상엽霜葉

한동안 잊었던
그녀가 찾아왔다
어느새 서리가 내리고
핏기도 가셨다
늘 매무새라고는
아랑곳하지 않았으니
나하고 코드가 맞는다
마침 오래된 위스키가 있어
연거푸 석 잔에
금세 얼굴이 빨개진다
못 보던 아름다움이다
나는 가을이 깊어간다고 진실을 말했다

취객

수평선에
붉은 해가 걸려 있다
'팔광八光이다'
옆 친구 너스레에
정신없이 웃고 나니
거나하게 돌아가는 술판이
어둑해진다
세상사 다 저리하리라
도수를 올리는 취기처럼
거리는 금세 불야성이다
그래
기름을 채우면
불은 다시 켜지는 것이다
저 속에 섞여 밤을 새우며
팔광처럼 뜻하지 않은 행운도 오겠지
철석철썩 밤물결이
방파제를 넘을 것만 같다

봄볕

꿈을
꾸고 있는지
매끈한 종아리가
눈앞에 휙휙 지나간다
불어대는 바람에
빵빵 터지는 꽃들
구석진 곳에
죽은 듯이 버티고 선 고목도
느슨하게 몸을 열지만
두꺼운 껍질 하나 벗으면
같은 봄이다
무겁게 앉은 벤치에
혀를 끌끌 차는 초로初老도
알고 보면
나무랄 데 없는 사내가 맞다

표정

아주 오랜만인데
그늘이지 않아
세월의 탓만은 아닌 것 같은데
애써 짓는 웃음이
오히려 더 짙은 그늘을 만들고 있어
주름살 따위야 가야 할 길이고
밀고 나오는 흰 머리털 같은 거
회한이라 할 수 없지
훤하게 들여다보이는
못다 한 말이
금세 터져 나올 것 같은 얼굴
언제까지나 안고 가야 할 아뜩한 죄업 같은 것

라면을 끓이며

라면은 양재기에 끓여야 제격이다
다른 그릇에 옮겨 담을 것도 없이
들고 후룩후룩 마셔야 제맛이 난다
나도 한때는 찌그러진 양재기처럼 구르다가
꼬불꼬불 뭉쳐진 것이
목숨 덩어리인 것을 알았다
그래도 어느 낀가 뜨뜻한 라면이 배 속으로 들어가면
확 풀어지는 기운으로 또 세상으로 나아갔고
라면 발처럼 부드럽게 풀어지곤 했다
어떤 때는 끼기 거북한
품위 있는 자리에서
입에 밴 맛을 떠올리며
저 화려함이 수많은 배 속을
따뜻하게 한 것인가 어울리지도 않는 생각을 해 보았다

겹치기

오래전에 헤어진 친구에게서 전화가 왔다
건달처럼 헤매던 시절이었지만
분명한 기억은
술값을 떠넘기고 도망치듯 나온 뒤
한 번도 만나지 못했던 그였다
죄책감을 잊을 수 없어
만나면 백배로 갚아주어야지 생각하며
마음의 부담이 커가고 있었다
'야 인마, 뭐해. 빨리 나와 술 사!'
쨍쨍한 목소리에 화들짝 놀라
오늘 밤 오래도록 묵은 빚을 갚아야겠다고
지난 세월을 거꾸로 뛰고 있었다
부슬부슬 내리는 비도
젊은 날을 가꾸듯 상쾌한데
반백의 친구
풍신 한번 근사하니 예사 사람이 아니다
시시콜콜 살아온 얘기가 뭐 그리 중할까만
파고들면 엄청난 성공담이다
눈이 게슴츠레하게 대접받고 나오는 내게

그 친구 하는 말

'야, 너 오늘도 술값 떠넘기냐?'

걸인乞人

숨차 오르는 절간
길옆에서
남루한 늙은이가 구걸한다
무슨 사연 깊은
가련함을 외면하며
나를 위하여 절간에 오른다
황금빛 부처님을
송두리째 차지한 듯 만족감에
넘쳐도 부족하여
자신을 채우는 기도가 세상을 가린다
그래도
한 가닥 측은지심
내려오며 늙은이를 찾지만
이미 떠나고 바람이 휑하다
나도 구걸하고 내려온 것만은 사실이다

야생

어디서 왔는지
길고양이 한 마리
집 주위를 어슬렁거린다
안됐다 싶어 먹이 주기를
유인하여 기를 심사인데
잡히지 않는다
그래도 어떻게 해
내 집 가까이 도움을 청하는 걸
어느 날 보니
구석진 곳에 예쁜 새끼를 낳아놓았다
데려다 기르면
어미도 따라올까
아니지
제 새끼 건드린다고
난리를 피우겠지
모두 졸랑졸랑 집 주위를 맴돌며
먹이만 받아먹고 가도 괜찮아
파수꾼처럼 거느리고 살면 되는 것이지

유기견

꽤 이름이 있어 보이는 개가
어깨를 축 늘어뜨린 채
갓길을 따라 걸어가고 있다
어느 부잣집에서 쫓겨났는지
쓰레기통을 뒤져 먹는 방법 따위는 모르는 모양이다
나는 똥개 한 마리 들여와
제 맘대로 풀어놓고 키운다는 게 그만
쥐약을 먹었는지 일순에 죽어버리는 참변이 일어났다
호강 한 번 못 시켰지만
사람 자리 하나 냉큼 차지하고
같이 좋아서 어쩔 줄 몰랐는데
그놈의 무서운 정을 떼는데 얼마나 힘들었는지 모른다
언뜻 저 불쌍한 것을 그놈 생각으로
'멍멍아 이리 와'
'집에 가자'
어르고 얼러도 겁에 질린 듯 낑낑 도망을 친다
무엇을 잘못했는지 흠씬 두들겨 맞고
다시 들어오지 말라는 주인의 얼굴이 떠오르는 모양이다

아리송해

내가 철없이 보챌 때

그녀가

대답하는 소리

'옹'

좋다는지

싫다는 것인지

암수고양이도 그러는 것을 보았다

꽃무늬 쉬폰

바람이 분다

무슨 향기인가

살랑살랑 날아도
떨어질 줄 모르는 꽃잎

부드러운 꽃나무 가까이 와 있나 보다

대지의 제향

초목을 태우는 연기가
향긋하다

시시각각 노을 속으로
바람을 데불고
이제 어둠이다

제 할 일 다 끝내고
홀 가쁜 영혼
가는 곳이 어딘지 오리무중이다

수덕에 들다

해설

때를 아는 시인, 세속을 씻어내는 찬연한 문장

이기철 시인

때를 아는 시인,
세속을 씻어내는 찬연한 문장

이기철(시인)

한 자리에서 자신이 가꾸어 온 생을 관조觀照하는 일은 행복하다. 세상을 넓게 바라보지 않아도 손바닥만 한 자기 땅일지라도 비옥肥沃하게 농사지을 수 있는 능력이 있다면 멋진 시간을 보냈다고 해도 과언이 아니다.

최충식 시인은 그런 자격을 충분히 갖춘 이다. 충남의 수도라는 홍성 출신으로서 평생을 그에게 주어진 생활을 묵묵히 수행하는 자세로 살아왔다. 소낙비처럼 한때 내리다 마는 시원함이 아니라 갈증을 근근이 해소하며 뚝심 하나로 자신과 주위를 건사해 왔다.

시력詩歷으로 따지자면 목소리를 크게 낼 법도 하지만 이 일을 빌미로 으스대거나 자랑한 적 없다. 오히려 시집을 낼 때마다 매번 졸시拙詩라고 손사래를 쳤지만 시단詩壇과 독자로부터 졸작拙作이라는 비난도 받은 바 없으니 참 멋진 시업詩業을 이룬 게 아닌가 말이다.

이번 신작 시집, 『수덕修德에 들다』에서도 여전히 목소리는 조심스럽지만 자신감을 숨기지 않는다.

'첨예한 감각으로 사상事象을 드러내는 현대 시의 관점에서 보면 여기 실린 작품들은 서정이나 읊조리는 구시대의 산물이 아닌가 싶다'고 운을 떼지만 '지난날을 소환하며 사랑과 이별,

112

삶과 죽음, 생성과 소멸에 이르는 불변의 시간 속으로 보잘것
없는 기억을 조영하여 승화하는 정신세계를 희구하고자 함'이
라 했으니 그 품이 얼마나 너른가 말이다.

> 나이가 드니
> 모자를 쓰지 않으면 밖에 나가기 곤란하다
> 어떤 젊은 시인은
> 빵모자 눌러쓰고
> 줄줄 시를 토해내던데
> 내게는 비바람 햇빛 막아주는 모자면 족하다
> 밤새워 시를 쓴다고 씨름하다
> 땀에 젖은 밀짚모자를 쓰고 나서는 일터
> 나와 꼭 맞는다
> 한겨울에도 폭신한 털모자 하나면 족하다
> 신분에 따라 모자를 쓰던 옛날
> 책임이 분명해서 좋았겠지
> 신라 금관의 영락은 수많은 백성을 매단 것 같아서
> 더욱 무거웠겠다
> 사람들은 나보고도
> 빵모자 하나 사서 쓰면 좋겠다고 하지만
> 지금 이 모자가 참 좋다
> 부끄러운 얼굴을 가리는데도 적격이기 때문이다
> – 「모자」 전문

  솔직담백한 고백이자 은근한 매력, 위트가 점철點綴된 시다.
'빵모자'가 작가 트레이드마크인 양 우대받던 시절이 있었다.

하지만 그는 땀 흘린 결실을 위한 동반자인 '밀짚모자'를 외면할 수 없었다. '부끄러운 얼굴을 가리는 데 적격'이라는 저 직격탄. 언어유희에 그칠 뻔한 시편을 속살을 드러내 보임으로써 '시인다움'을 보여준다. 겸손이 아무리 미덕이라도 해도 자기 언어에 매몰되면 곤란하다. '수근수근'을 '두근두근'으로 만드는 데 일가견이 있다.

> 손에 잡히는 것
> 아주 오래전 까까머리 시절부터 쓰던
> 허름한 것이 내 말을
> 제일 잘 듣는다
> 온갖 회포를 다 풀어놓고
> 펜을 탁 놓을 때가 큰 위안이다
> 푸른 잉크 냄새도 어떤 사람의 체취만 같다
>
> – 「도구」 부분

시인의 무기는 '펜'이다. 시 원천을 발견하는 즉시 이를 이용, 글발을 휘날리는 데 이만한 도구가 없다. '그때'를 끄집어내 '이때'를 완성하는 솜씨는 아무나 할 수 없다. 명장名匠만이 가진 특허 기술이나 진배없다. 문장은 무늬다. '푸른 잉크'는 시인 혈관血管이며 그는 수혈輸血하는데 진력盡力을 쏟는다.

최 시인은 1988년 박재삼 시인 추천을 받아 등단했다. 그보다 앞서 1985년 첫 시집, 『사랑과 苦惱』, 1987년 두 번째 시집, 『달래강 노을』을 낸 바 있지만 추천 이후 시 세계는 더욱 확장

되고 풍성해졌다. 바야흐로 '순풍에 돛 단 배'가 된 셈이다. 왜 박 시인은 최 시인을 추천했을까? 이유는 명확하다.

박재삼 시인 작품 특징은 시공간을 잘 활용해 '그 사이에 낀 기억의 틈'을 찾아 그 부분을 메꾸는 데 일가견이 있던 분이었다. 필시 최 시인 시를 접하고는 이런 시인이야말로 자신과 맥을 같이 할 수 있는 사람임을 눈치 챘을 게 분명하다.

이후 최 시인은 시집 『銀河의 뜰』(1989), 『그리운 것을 더욱 그리워하면』(1993)을 냈다. 그리고 한참 후인 2004년 『바닷가 노래방』에 이어 근 20년 만에 『아둔한 미련』(2023)을 선보이더니 잠시 숨을 고르고는 곧바로 『수덕修德에 들다』로 다시 찾아왔다.

수덕修德은 말 그대로 '덕德을 닦음'이란 뜻이다.

오늘은 경내에서 서성거리려니
마당귀 햇살이 빠지도록 목이 마르다
늦가을도 싸늘하게 자락을 내리지만
정작 알 수 없는 어둠이 아래로 내려온다
이쯤 하여 서서히 깨어나는 것들
삼라만상 쇠 북소리에
숱한 별도 오목렌즈 안의 마당으로 모여든다
한 걸음 수행이 가랑잎 같아
불사를 줄 모르는 업보를 끌어안고
무슨 인연이 이루어질 수 있을까
첩첩 능선이 벌거숭이로 바람을 넘기면
흔들리는 것들

뎅그렁뎅그렁 풍경소리로 해원을 재촉하지만
좀 더 어지러운 늪을 허우적거려야
선정禪靜 한 줄기 짐작이라도 할지
여기서는 무한의 시간이 도달하여
한 잎 공덕이 경전이거늘
더도 말고 발치에서
불면 날아갈 것 같은 이승이라도
슬쩍 얹어놓고
덧없는 염원을 깨달음처럼 짚어 볼 수 있을까

-「수덕修德에 들다」 전문

시인은 절을 즐겨 찾는 듯하다. 시편에서 마곡사, 단풍이 절
경인 향천사, 초파일 풍경을 그린 성주사지 등이 등장한다. 그
중 압권은 역시 수덕사. 이곳은 온갖 인연이 얽히고설킨 장
소다.

'수덕사의 여승'이라는 노래는 사실 오해를 일으킬 만하다.
수덕사는 비구니 사찰이 아니다.

'산길 천리 수덕사에 밤은 깊은데/ 염불하는 여승의 외로운
그림자/ 속세에 맺은 사랑 잊을 수 없어/ 법당에 촛불 켜고/
홀로 울 적에 아, 아 수덕사에 쇠북이 운다'

이런 대중가요보다 우리는 나혜석, 일엽 스님과 그 아들 김
태신, 수덕여관 이응로 화가 등이 겹친다.

인생무상일까? 서글픈 인연일까? 그 사연은 시인에게 그대
로 옮아 '덧없는 염원'에 닿게 된다. 뉘우치고 탄식하는 일인
회한悔恨은 '수행修行'을 요구하고 '한 잎 공덕'은 경전經典임을

뒤늦게 눈치챈다.

수덕사 대웅전을 받치고 있는 물고기 등비늘처럼 생긴 기둥을 본 적 있다. 쩍쩍 갈라진. 세월은 사연을 간직한다. 개인이어도 역사다. 다음 시에서도 수덕사 풍경은 이어진다.

수덕사 뒷방에 변변찮은 스님
염불은 저리하고
수묵을 치고 있는데
불쑥
더는 밀을 털이 없이 빠져버린 대머리에
쓱쓱 먹을 바르고
홍등가라도 내려가고 싶다 하신다
'스님 그러지 마시고 색깔을 넣으세요'
무슨 심사인지
화려한 모란꽃 몇 송이
슬그머니 내비치고 가셨는데
결국은 불성인 듯
왕생극락의 길도 그리하셨던가 보다
황감하게 받아와
매일같이 바라보며 나무 관세음보살

– 「공즉시색」 전문

뒷방 스님과 아주 친한 사이인가 보다. '변변찮은'이라니. 대화는 저잣거리 흥정하듯 보이지만 화두話頭를 서로 던지는 듯하다. 공즉시색空卽是色은 '공허한 존재에서도 빛을 찾아내는 것이 목적이자 역할'이라 해석하면 과할까? '툭' 하고 던진 한

117

마디, '스님 그러지 마시고 색깔을 넣으세요'란 말에 '화려한 모란꽃 몇 송이/ 슬그머니 내비치고 가셨는데' 그 슬그머니에서 '슬쩍' 비친 내공은 내상內傷을 치유하기에 충분하다. 중생이 이름을 열심히 외면 꼭 도움을 받게 된다는 '관세음보살觀世音菩薩' 아닌가.

다시 돌아가 살펴본다. 최 시인은 겸양謙讓이 장착된 분이지만 이력履歷은 화려하다. 홍주문학회 회장을 시작으로 국제 펜 한국본부 이사, 국제 펜 한국본부 충남지역 회장, 한국문인협회 이사 등에 이어 대한민국 향토문학상, 충청남도 문학상을 받은 바 있다. 그중에서 눈에 띈 한 가지에 주목했다. '보령도서관', '홍성도서관'에서 십수 년간 관장직을 수행했다는 사실.

'책들의 파수꾼' 역할에 먼저 고마운 마음 전한다. 문자로 축적된 언어의 무게를 지탱해주신 분이어서 그렇다. 주세페 아르침볼도 작품 「사서司書」가 생각난다. 온몸이 책으로 만들어진 남자다. 시인은 이곳에서 근무하면서 많은 책과 교감하며 또 이들을 소개했을 게 분명하다.

시집에서 책 이야기는 숨겼다. '책은 마음의 양식'이지 자기 자랑처럼 드러냄이 아니라는 은유隱喩다. 본인 자체가 '책冊'임을 느낄 수 있는 비하인드 장면이다.

이제 사생활을 들여다볼 차례다. 은퇴 후 고향에서 평생을 돌아보고 그 사유 흔적을 주위와 버무려 촘촘하게, 세세하게 그려낸다. 그가 본 것 대부분은 자연에 맡긴 몸이다, 유독 '봄'에 관한 진술陳述이 많다. 「입춘」 「회복」 「해묵은 봄」 「사월이 간다」 「봄비 속에서」 「춘사」 「봄날」 「창을 열며」 「봄볕」 「산책」 등. 특히 사계절을 반추反芻한 시편을 골라봤다.

옴츠렸던 허리를 펴니
코앞에 성큼 봄인가 봐요
언뜻 지나는 바람인지
한길 둑 밑으로 천천히 내려앉습니다
겨우내 조이던 뼈마디가 우두둑 호젓한 봄볕이
나만의 일 같습니다만
                                                        -「회복」 부분

지난여름은
얼마나 힘들었어
뭔지 모르는 것을 채우고
한 계절을 비켜서면
나의 소망아
때로는 숨 막히던 먹먹한 가슴이
잎사귀를 떨어버린 나무처럼 드러나고
그게 홀로라고
정녕 배반하지 않은 외로움이라고
                                                        -「추상追想」 부분

흥건한 여름이
빠져나가고

이삭들은 고개를 숙인다
채우고도 빈 것처럼 가을이 온다
양식이란
노동에 비례하는 것이 아니라
하늘의 뜻이어서
내어줄 때 더 값이 있다

- 「가을빛 속으로」 부분

오늘도 버리는 연습을 합니다
사랑이란 올가미가 풀릴 기미도 보이지 않지만
빠끔한 바람결에 가랑잎 한 장 소식을 더합니다
지나친 햇빛이 너그러웠지만
그림자 만드는 뜻을 알지 못했지요
어둠이 내려도 마찬가지
제 몸을 태워 촛불이란 이름을 얻기까지
어떤 사연이 있었을까요

- 「입동 즈음」 부분

기승전결起承轉結처럼 계절을 소환한다. '우두둑 호젓한 봄볕'이나 '때로는 숨 막히던 먹먹한 가슴', '내어줄 때 더 값이 있다', '오늘도 버리는 연습을 합니다'는 같은 등가等價다. 관조觀照의 능력을 갖춘 자는 비로소 작가 반열에 든다고 봐도 무방하다. 그간 무심히 스쳐 봐왔던 객기는 조용히 거둬들이고 내면이 들려주는 소리에 집중하는 자세, 비로소 시안詩眼이 열리는 법 아닌가. 전근대적 몇 대째 눌러사는 양철지붕 목조주택 자그마한 터전에서 작물을 가꾸며 사는 저물녘 작가의 시선이란 이토록 소박하지만 눈부시고 눈물겨운 정경이다.

시인이 시름을 달래는 방법은 종종 한 잔 술에 기대보지만 만만치 않다. 그때마다 숨길 수 없는 분노가 설핏 내비치기 때문이다.

오래전에 헤어진 친구에게서 전화가 왔다
건달처럼 헤매던 시절이었지만
분명한 기억은
술값을 떠넘기고 도망치듯 나온 뒤
한 번도 만나지 못했던 그였다
죄책감을 잊을 수 없어
만나면 백배로 갚아주어야지 생각하며
마음의 부담이 커가고 있었다
'야 인마, 뭐해. 빨리 나와 술 사!'
쨍쨍한 목소리에 화들짝 놀라
오늘 밤 오래도록 묵은 빚을 갚아야겠다고
지난 세월을 거꾸로 뛰고 있었다
부슬부슬 내리는 비도
젊은 날을 가꾸듯 상쾌한데
반백의 친구
풍신 한번 근사하니 예사 사람이 아니다
시시콜콜 살아온 얘기가 뭐 그리 중할까만
파고들면 엄청난 성공담이다
눈이 게슴츠레하게 대접받고 나오는 내게
그 친구 하는 말

'야, 너 오늘도 술값 떠넘기냐?'

-「겹치기」전문

우정友情은 금가지 않았건만 마음은 갈라졌다. 그 슬픈 만남, 오랜 통증은 과거와 현재가 혼재婚材되어 '야, 너 오늘도 술값 떠넘기냐?'란 한 마디에 '죄책감'도 '묵은 빚'도 갚지 못한 채 '성공담' 사이 '실패담'이 그를 아프게 한다. 아마 다음 시는 그런 배반背叛의 마음이 부추긴 자신에게 계산하는 술추렴 아닐까?

비우면 허전한가 보다

잘람잘람 채웠던 거 다 쏟아주고 나면
파란 고독이 몰려온다

누군가의 눈물이 되어 흘러내릴 때쯤이면
뒷전에서
아무렇게나 불어오는 바람을 맞는 것이다

아무래도 밤새워 우우 울어야 하는 모양이다

-「소주병」전문

고향 말인 '잘름잘름'은 '찰랑찰랑'보다 슬픔이 깊다. '혼술'은 고독과 우울의 벗이어서 '밤새워 우우' 울기에 안성맞춤이다. 남처럼 흉내 내 본 적 없는 시인은 만남도 부담스럽고 어정

쩡해진다. 철학자 에피쿠로스는 '친구가 틀림없이 도와줄 것이라는 확신은 도움이 된다'는 말은 개나 줘 버릴까, 취중 농담으로 치부해버릴까? 쓸쓸한 마음은 이래저래 '주책바가지' 역할을 떠맡긴다.

이제 마지막으로 시인 가족사를 살펴보아야 한다. 애정愛情은 애증愛憎이 되기도 한다. 식구란 그런 법이다. 다 안다고 생각하고 살아온 세월에는 기쁨과 슬픔이 공존하니깐 말이다. 시인도 이제 시쳇말로 '노을' 족族이다. 기울어가는 달이 아니라 만월滿月이란 관점에서 이해하면 좋겠다. 기축년己丑年생인 시인이 남긴 저물녘과 이제 홀로이자 둘인 부부 이야기.

본래 잡기雜技를 좋아하지 않는데
늙은 어머니와 가끔 민화투를 쳤다
평생 쉴 사이 없던 몸이 말을 안 들으니
경로당에서 돌아오면 천정만 바라볼 뿐이다
일어나 저하고 화투해요
아이고 그럴 틈 있냐
반색하고 벌떡 일어나신다
침침한 눈으로
짝 맞추는 데 한참씩 걸리며
슬쩍 옆으로 훔쳐봐도 모르고 열중이시다
광光짜리 따가게 슬그머니 내어주고
끗수 따져보면 번번이 어머니가 이기기 마련이다
의기양양하여

너는 어려서부터 이런 거 못 했지
　　어째 그렇게 한 번도 못 이기냐
　　그럼요 어머니는 본래 머리가 좋아서 잘하시네요
　　손에 힘이 없어서
　　화투장이 주르르 쏟아지는 것을
　　고르게 쥐여주며
　　울컥 밀려오는 무엇인가 고개를 돌린다

- 「위로」 전문

　시인도 '할배'된 지 오래지만 '할매'된 지 한참인 어머니를 챙기는 마음은 따끔따끔하다. 상실을 원점 회귀로 돌리려는 저 따뜻한 '위로'는 정작 본인에게도 해당할 것이 분명하다. 우리에게 부모는 나중에야 눈에 밟히는 후회다. 생전에 잘하라는 말, 귀에 딱지 앉도록 들었지만 귀청이 막혔는지 모른 척하고 지내왔지 않은가? 효자孝子를 자처하지는 않지만 사그라드는 어머니 앞에서 자신에게 남은 불꽃도 봤으리라. 그러하다. 생은 죽음도 아니고 삶도 아니다. 현실이다. '있을 때 잘해'라는 유행가 가사처럼 늙은 녹음기 테이프 늘어진 그때는 피할 길 없지만 언제나 어머니는 위대하다.

　　가을이 깊다고
　　아내는 단풍 구경을 가고
　　버릇대로 아무렇게나 벗고 나간
　　옷가지를 정리한다
　　새삼스레 훅 하고 끼치는 체취

아내는 지금 단풍에 취하여
인생이 허무하다고 느낄지도 모른다
단풍 속으로
아주 들어가고 싶을지도 모른다
세상만사 다 접어놓고 홀로일 때
시야가 넓어진다는데
거기에 툭 하니 단풍잎 하나 떨어지면
눈물도 묻어나겠지
곁에 있어도 모르는 게 사랑이어서
반쯤 넓어진 방이 허전한가 보다
훗날 어떤 연유로 쓸쓸하게 될 때
아니함만 못했더라고 짐작해 보면
지금 다스리지 못하는 마음은 어쩐 일일까
철없는 노릇이지만
모르게 해줘야 할 일도 많다고
빨갛게 물들어 돌아올 아내를 기다리며
깊숙하게 묻어둔 내막을 은밀하게 되만져 본다
　　　　　　　　　　　　　 - 「아내는 단풍 구경 가고」 전문

　아내의 빈자리를 느끼기 전에는 소중함을 모른다. 상처喪
妻를 당한 이 눈물 본 적 있겠지. 시인도 짐짓 두려운 거다. 그
'빈자리'가. '곁에 있어도 모르는 게 사랑이어서'는 고백이자
자책이다. '훗날 어떤 연유로 쓸쓸하게 될 때'를 위한 단속이
다.
　'이제 이 책으로 그동안의 객기 같은 시업詩業을 정리하고 새
로운 모습을 보이기 위해 깊은 고민을 해 보겠다'는 결심과 일

치한다. 시집을 읽는 내내 편했다가 불편했다 말다의 중간에 있었다. 그래도 결국에는 편했던 이유는 선배 시인이 남긴 정직, 진심, 성실을 읽어냈기 때문이다.

아무래도 만나서 라면 한 그릇 안주에라도 쓴 소주 한 잔 올려야겠다.

라면은 양재기에 끓여야 제격이다
다른 그릇에 옮겨 담을 것도 없이
들고 후룩후룩 마셔야 제맛이 난다
나도 한때는 찌그러진 양재기처럼 구르다가
꼬불꼬불 뭉쳐진 것이
목숨 덩어리인 것을 알았다
그래도 어느 낀가 뜨뜻한 라면이 배 속으로 들어가면
확 풀어지는 기운으로 또 세상으로 나아갔고
라면 발처럼 부드럽게 풀어지곤 했다
어떤 때는 끼기 거북한
품위 있는 자리에서
입에 밴 맛을 떠올리며
저 화려함이 수많은 배 속을
따뜻하게 한 것인가 어울리지도 않는 생각을 해보았다
– 「라면을 끓이며」 전문

수덕에 들다

문힘시선 033

수덕에 들다

발행일 2024년 08월 15일

지은이 최충식
펴낸이 이순옥

펴낸곳 도서출판 문화의힘
　　　　등록 364-0000117
　　　　주소 대전광역시 동구 대전천북로 30-2(1층)
　　　　전화 042-633-6537
　　　　전송 0505-489-6537

ISBN 979-11-986387-7-9 03810
ⓒ 최충식 2024
저자와 협의로 인지는 생략합니다.

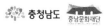

|값 11,000원|